14 Janvier 1897

CATALOGUE

D'une belle Collection

D'ESTAMPES

ANCIENNES ET MODERNES

ÉCOLE FRANÇAISE DU XVIIIe SIÈCLE

EN NOIR ET EN COULEUR

GALERIE DES MODES ET COSTUMES FRANÇAIS

RECUEIL DE DESSINS

DONT LA VENTE AUX ENCHÈRES PUBLIQUES AURA LIEU

HOTEL DES COMMISSAIRES-PRISEURS, RUE DROUOT, N° 9

SALLE N° 10

Les Jeudi 14, Vendredi 15 et Samedi 16 Janvier 1897

A deux heures précises.

Par le ministère de Me **MAURICE DELESTRE**, commissaire-priseur,
Rue Saint-Georges, 5

Assisté de M. **JULES BOUILLON**, marchand d'estampes de la Bibliothèque Nationale, rue des Saints-Pères, 3

PARIS, 1897

Annoté d'après l'ex. Danlos

PARIS
IMPRIMERIE DE D. DUMOULIN ET Cie
5, rue des Grands-Augustins, 5

CATALOGUE

D'UNE BELLE COLLECTION

D'ESTAMPES

ANCIENNES ET MODERNES

CATALOGUE

D'une belle Collection

D'ESTAMPES

ANCIENNES ET MODERNES

ÉCOLE FRANÇAISE DU XVIIIe SIÈCLE

EN NOIR ET EN COULEUR

GALERIE DES MODES ET COSTUMES FRANÇAIS

RECUEIL DE DESSINS

DONT LA VENTE AUX ENCHÈRES PUBLIQUES AURA LIEU

HOTEL DES COMMISSAIRES-PRISEURS, RUE DROUOT, N° 9

SALLE N° 10

Les Jeudi [illegible] Vendredi 15 et Samedi 16 Janvier 1897

A deux heures précises.

Par le ministère de Me **MAURICE DELESTRE**, commissaire-priseur,

Rue Saint-Georges, 5

Assisté de M. **JULES BOUILLON**, marchand d'estampes de la Bibliothèque Nationale, rue des Saints-Pères, 3

PARIS, 1897

CONDITIONS DE LA VENTE

La vente sera faite au comptant.

Les acquéreurs payeront *cinq pour cent* en sus des enchères, applicables aux frais.

M. Jules Bouillon, chargé de la direction de la vente, se réserve la faculté de rassembler ou de diviser les lots.

ORDRE DES VACATIONS

Jeudi,	14 Janvier	....	Nos 1 à 235.
Vendredi,	15	—	236 à 465.
Samedi,	16	—	466 à 545.
—	—	— Supplément....................	1 à 110.

DÉSIGNATION

ESTAMPES

ALBANESI (T.)

1 — Afternon's amusenent, 1777.

Très belle épreuve en couleur.

ALKEN (d'après H.)

2 — Sheldon's national sports. Steeple chasing recollections. Quatre pièces gravées par Bentley.

Très belles épreuves.

ALMANACHS

3 — Calendrier pour l'année 1783, avec les Portraits de Louis XVI, Marie-Antoinette et la famille Royale. Rare.

ANONYMES

4 — Certificat de service dans la Compagnie de gardes de S. A. S. Monseigneur le Prince de Condé.

Belle épreuve.

5 — Concert en plein vent. Composition pour éventail.

Belle épreuve.

6 — *Marie-Thérèse-Charlotte*, fille de Louis XVI. In-4 en couleur.

Belle épreuve.

ANSELIN (J.-L.)

7 — La Belle Jardinière (Mme de Pompadour), d'après Vanloo.

Très belle épreuve.

AUBERT (d'après)

8 — Le Passe-Passe, par Mlle Papavoine.

Très belle épreuve.

AUDOUIN (P.-A.)

9 — Vénus désarmant l'Amour, d'après Le Corrège.

Belle épreuve avant toutes lettres.

BALLONS (Pièces sur les)

10 — **Anonymes.** MM. Charles et Robert arrivant à la Prairie de Nesle, — Première Expérience de la Machine aérostatique, par le Docteur Jonathan. Deux pièces.

Belles épreuves.

11 — Expérience célèbre, faite à Paris en présence de huit cents mille personnes, dans le Jardin Royal des Thuilleries, le 1er décembre 1783. In-folio.

Belle épreuve.

12 — Projet d'une nouvelle Messagerie, — Globe aérostatique que l'on se propose d'enlever. Deux pièces.

Belles épreuves.

13 — **Boily** (Ch.). Montgolfière la Gustave. Lyon, 1784.

Très belle épreuve.

14 — **Bonvalet.** Apparition du Globe aérostatique de M. Blanchard entre Calais et Boulogne, parti de Londres le 7 de janvier 1785, d'après Desrais.

Très belle épreuve, imprimée en bistre.

15 — **Boutelou** (L.). Globe aérostatique de MM. Charles et Robert au moment de leur départ du Jardin des Tuileries, le 1er décembre 1783, d'après Duperreux.

Très belle épreuve.

16 — **Bresse.** Poisson aérostatique enlevé à Plazentia, ville d'Espagne, le 10 mars 1784.

Belle épreuve coloriée.

17 — **Cogel** (d'après). Première Expérience de la Machine aérostatique, nommée la Flesselle, construite à Lyon sous la direction de M. Joseph Montgolfier, — Départ de la Machine aérostatique, le 19 janvier 1784. Deux compositions sur une même planche, gravées par Saint-Aubin.

Belles épreuves.

BALLONS (Pièces sur les)

18 — **De Launay** (N.). Second Voyage aérien, expérience faite dans le Jardin des Thuilleries par MM. Charles et Robert, le 1er décembre 1783. — Troisième Voyage aérien, expérience faite à Lyon, le 19 janvier 1784. Deux pièces in-8.

Belles épreuves.

19 — **Desrais** (d'après). Vue et Perspective du Jardin de M. Reveillon, fabricant de papier, où se sont faites les expériences de la Machine aérostatique de MM. Montgolfier frères, dans le courant de l'été en l'année 1783.

Très belle épreuve.

20 — **Garneray** (d'après). La Folie du Jour, — L'Ascension de la Nymphe aérienne, faite le 1er janvier 1787, à Lille, par le sieur Enslen. Deux pièces.

Belles épreuves.

21 — **Échard.** Tour de Calais, — Nouvelle Machine aérostatique construite par M. Romain, par ordre du gouverneur, destinée à faire le passage de France en Angleterre, conjointement avec M. Pilatre de Rozier.

Très belle épreuve.

22 — **Le Noir** (à Paris chez). Expérience de la Machine aérostatique de M. de Montgolfier, répétée à Paris, le 27 août 1783, au Champ de Mars.

Très belle épreuve.

23 — Expérience aérostatique faite à Versailles, le 19 septembre 1783, par M. de Montgolfier.

Très belle épreuve.

24 — Machine aérostatique élevée à Lyon, le 19 janvier 1784. In-folio.

Belle épreuve.

25 — **Le Vachez** (à Paris. chez). Vue de la Garenne du Roy à Vimereux, à cinq quarts de lieues de Boulogne-s.-Mer.

Belle épreuve.

BALLONS (Pièces sur les)

26 — **Miger** (S.-C.). Portrait de Charles, aéronaute. In-4.

Belle épreuve, marge.

27 — **Prévost**. Seconds Voyageurs aériens ou Expérience de MM. Charles et Robert, à Paris, le 1er décembre 1783.

Très belle épreuve.

28 — **Roubier**. Plan géométral d'observations sur le départ et l'ascension du Globe aérostatique de M. de Montgolfier, à Lyon, en janvier 1784. In-folio.

Belle épreuve.

29 — **Watteau** (d'après L.). La Quatorzième Expérience aérostatique de M. Blanchard, accompagné du chevalier Lepinard, faite à Lille en Flandre le 26 août 1785, gravé par Helman.

Très belle épreuve avant la dédicace.

BARTOLOZZI (F.)

30 — *Bulkeley* (Harriet, Viscountess), d'après Cosway. In-folio.

Très belle épreuve, imprimée en sanguine.

31 — Conjugal Love, d'après Cipriani.

Très belle épreuve.

32 — L'Egratignure, d'après Cipriani.

Très belle épreuve avant la lettre.

33 — L'Enfant endormi, d'après Cipriani, 1786.

Très belle épreuve, imprimée en bistre, marge.

34 — Imogen's Chamber, d'après Martin.

Très belle épreuve, imprimée en bistre.

35 — Mars et Vénus, — Les Muses couronnant le buste de Pope. Deux pièces, d'après Angelica Kauffman.

Très belles épreuves.

36 — Saison des Fleurs, — Saison des Vendanges. Deux pièces ovales faisant pendant.

Belles épreuves imprimées en bistre, montées en dessins.

BARTOLOZZI (F.)

37 — The three fine arts, d'après Angelica Kauffman.

Très belle épreuve, marge.

38 — Venus surrounded by cupids, d'après Cipriani, 1788.

Très belle épreuve.

39 — Vénus et les Amours endormis, d'après Cipriani.

Très belle épreuve avant la lettre.

BARTOLOZZI (F.) ET **W. DICKINSON**

40 — L'Ange Gardien conduisant l'enfant devant Dieu. — Jeune Enfant enlevé par un Ange. Deux pièces faisant pendants, d'après Peters.

Très belles épreuves avant la lettre.

BAR ET **CHATELET**

41 — Le Bain de Village.

Très belle épreuve imprimée en bistre.

BASSET (A Paris, chez)

42 — Vues de Paris et de France, connues sous le nom de : Vues d'optique.

Belles épreuves coloriées, avec grandes marges.

BAUDOUIN (d'après P.-A.)

43 — Le Confessionnal, par P.-E. Moitte (12).

Très rare épreuve à l'eau-forte pure, avant toutes lettres et avant la bordure.

44 — Le Coucher de la Mariée, gravé à l'eau-forte par J.-M. Moreau et terminé au burin par J.-B. Simonet, 1768 (16).

Superbe épreuve.

45 — La même estampe.

Superbe épreuve avec belle marge.

46 — Le Curieux, par P. Maleuvre.

Très belle épreuve.

BAUDOUIN (d'après P.-A.)

47 — Le Désir amoureux, par D. Mixelle (E. B. 19).

Très belle épreuve du premier état, imprimée en couleur, remmargée.

48 — L'Epouse indiscrète, par N. de Launay, 1771 (21).

Très belle épreuve.

49 — Le Matin, — Le Midi, — Le Soir, — La Nuit. Suite de quatre pièces faisant pendants, gravées par de Ghendt (32, 33, 35 et 48).

Très belles épreuves avant la lettre.

50 — Perette, par H. Guttenberg.

Très belle épreuve, marge.

51 — *Sa Taille est ravissante*. Copie de l'Estampe gravée par Le Beau.

Belle épreuve.

BEAULIER (d'après)

52 — Toilette du Soir, par Bonnet.

Très belle épreuve, imprimée en sanguine, marge.

BERTAUX (H.-G.)

53 — Le Moment d'hilarité universelle ou le Triomphe de MM. Charles et Robert au jardin des Tuileries, le 1er décembre 1783.

Très rare épreuve avant toutes lettres à l'eau-forte pure, plus une épreuve avec la lettre. Deux pièces avec belles marges.

BERTAUX (d'après)

54 — Deux Scènes tirées de l'opéra-comique de Marmontel intitulé : Silvain.

Très belles épreuves, grandes marges.

BERTHAULT (A Paris, chez)

55 — Vue du Champ de Mars, le 14 juillet 1790.

Très belle épreuve en couleur.

BIGG (d'après W. R.)

56 — Le Retour du jeune Malclot après un heureux voyage gravé par J. Schmitz.

Très belle épreuve imprimée en couleur.

BLIGNY (A Paris, chez)

57 — Almanach militaire, bordure pour calendrier mobile.

Belle épreuve.

BOILLY (L.)

58 — Les Déménagements.

Belle épreuve en couleur.

59 — Grimaces. Douze pièces en couleur.

Très belles épreuves.

BOILLY (d'après L.)

60 — Hony soit qui mal y pense, par Bonnefoy.

Superbe épreuve avant la lettre, grande marge.

61 — Qu'Elle est gentille, par Bonnefoy.

Très belle épreuve en couleur.

62 — Une Soirée dans le monde. In-8.

Belle épreuve. Rare.

BOILLY ET **SCHALL** (d'après)

63 — Prélude de Nina. — Le Modèle disposé. Deux pièces faisant pendants, gravées par Alex. Chaponnier.

Superbes épreuves, grandes marges.

BONNET (L.)

64 — Buste de Jeune Femme, d'après Le Clerc, à la sanguine.

Très belle épreuve avant la lettre, marge.

65 — Etudes des Trois Grâces, d'après C. Vanloo. Trois pièces aux trois crayons.

Très belles épreuves.

BONNET (L.)

66 — Etudes pour les Demoiselles. Deux pièces gravées à la sanguine.

Belles épreuves.

67 — Jeune Femme en buste dans un médaillon avec bordure, d'après Lagrenée.

Belle épreuve.

68 — Les Premiers pas à la Fortune, d'après Dubois de Sainte-Marie.

Très belle épreuve imprimée en couleur, sans marge. Rare.

BOREL (d'après A.)

69 — L'Abandon voluptueux, par Dennel.

Très belle épreuve, marge.

70 — La Circassienne à l'Ancan, — Le Bain interrompu. Deux pièces faisant pendants, gravées par Leveillé.

Très belles épreuves imprimées en couleur, marge.

71 — L'Innocence en danger, par Huot, 1792.

Superbe épreuve avant la dédicace.

BOSIO (D.)

72 — Bal de l'Opéra.

Très belle épreuve en couleur.

73 — Bal de société.

Très belle épreuve en couleur, de la reproduction moderne.

74 — La Bouillotte.

Très belle épreuve en couleur.

75 — Le Collin-Maillard.

Très belle épreuve en couleur.

76 — Le Lever des Ouvrières en linge, — Le Coucher des Ouvrières en linge. Deux pièces faisant pendants.

Très belle épreuve en couleur.

BOSIO (D.)

77 — Le Sérail ou le Turc à Paris.

Très belle épreuve en couleur.

78 — Le Sérail parisien.

Très belle épreuve en couleur.

79 — Planches du Bon genre. Six pièces dont quatre avant la lettre.

BOUCHER (F.)

80 — Les Grâces au tombeau de Watteau (P. de B. 44).

Belle épreuve.

BOUCHER (d'après F.)

81 — Livre d'Ecrans, par François Boucher, peintre du Roi. Suite de douze pièces gravées par Huquier et Le Prince.

Très belles épreuves. Rares.

82 — L'Attention dangereuse, par Dennel.

Très belle épreuve avant toutes lettres.

83 — Foire de Campagne, par C.-N. Cochin.

Très rare épreuve avant toutes lettres à l'eau-forte pure.

84 — Les Grâces au bain, par W. Ryland.

Très belle épreuve.

65 — Le Réveil, — Le Sommeil. Deux pièces faisant pendants gravées par Huquier.

Très belles épreuxes.

86 — La Rêveuse, — Le Paquet incommode. Deux pièces faisant pendants, gravées par Aveline le Jeune.

Très belles épreuves.

87 — La Souffleuse de savon, — La Vandangeuse, — La Marchande d'œufs, — Le Marchand d'oiseaux. Suite de quatre pièces gravées par J. Daullé.

Superbes épreuves, toutes marges.

88 — Triomphe de Pomone, — Rocaille, — Léda. Trois pièces panneaux arabesques en hauteur, gravées par Cochin et Duflos.

Très belles épreuves.

BOUCHER (d'après F.)

89 — Léda, par Duflos. Panneau arabesque en hauteur.

Très belle épreuve avant la lettre.

90 — Buste de Jeune Femme, gravé aux trois crayons par Demarteau.

Belle épreuve sans marge.

91 — Hercule et Omphale.

Belle épreuve imprimée en sanguine.

92 — Les Jeunes Amants au rendez-vous. Gravé aux trois crayons par Demarteau (568).

Très belle épreuve.

93 — Le Matin, par Petit.

Belle épreuve, marge.

94 — Toilette de Vénus, par Demarteau.

Très belle épreuve.

95 — Vénus enivrant l'Amour. Gravé par Mme Dupont.

Belle épreuve imprimée en couleur.

96 — Vénus couchée sur des draperies. Gravé aux trois crayons par Demarteau (552).

Très belle épreuve.

97 — Vénus et l'Amour. Gravé par Bonnet.

Très belle épreuve imprimée sur papier bleuté, sans marge.

98 — Vénus et l'Amour, par L. Bonnet.

Très belle épreuve imprimée sur papier bleuté, montée en dessin.

99 — Vénus et l'Amour endormi, — Buste de Jeune Fille. Deux pièces gravées par Petit et imprimées en sanguine.

Très belles épreuves.

100 — Vénus à la Fontaine, — Vénus debout. Deux pièces gravées à la sanguine, par Petit.

Très belles épreuves.

BOUCHER (d'après F.)

101 — Vénus et l'Amour sur un dauphin, gravé aux trois crayons par L. Bonnet.

Très belle épreuve.

102 — Vénus assise sur un lit, par Bonnet.

Superbe épreuve, imprimée sur papier bleu.

BRACQUEMOND (F.)

103 — *Cladel* (Léon), homme de lettres, gravé d'après nature (Béraldi, 21).

Très belle épreuve sur japon. Signée.

104 — Erasme, d'après Holbein.

Superbe épreuve avant toutes lettres.

105 — Erasme, d'après Holbein (H. B., 39).

Superbe et très rare épreuve d'essai, avant toutes lettres, sur chine volant. Collection Burty.

106 — La même estampe.

Très rare épreuve d'essai sur chine volant.

107 — L'Étang (41).

Très belle épreuve du deuxième état. Collection Burty.

108 — Sarcelles (111), — Ils s'en allaient dodelinant de la tête et barytonnant du cul (125), — Les Taupes (134). Trois pièces.

Très belles épreuves avant la lettre.

109 — L'Inconnu (174), — Vanneaux et Sarcelles (175). — Hiver ou le Loup dans la neige (180). Trois pièces.

Belles épreuves avant la lettre.

110 — La Scierie du Bas-Meudon (188).

Très belle épreuve.

111 — Les Saules des Mottiaux (190).

Très belle épreuve.

112 — Le Jars (211).

Très belle épreuve. Rare.

BRACQUEMOND (F.)

113 — Il pleut à verse ! (212).

Très belle épreuve. Rare.

114 — Vue du Pont des Saints-Pères (217).

Très belle épreuve du premier état. Signée.

115 — Roseaux et Sarcelles (224).

Très belle épreuve du premier état, sur japon. Signée.

116 — Un buveur, d'après Alexandre Lafond (241), — Saint Basile dictant sa doctrine, d'après Herera le Vieux (285). Deux pièces.

Belles épreuves.

117 — David, d'après G. Moreau (B., 348).

Superbe épreuve avant la lettre. Signée.

118 — Femmes puisant de l'eau à la rivière, d'après Millet.

Superbe épreuve d'artiste. Signée.

119 — Les Faisans.

Superbe épreuve de premier tirage, sur chine.

120 — Le Marais.

Très belle épreuve.

BREBIETTE

121 — Frises avec figures. Quarante pièces.

Très belles épreuves.

BRICEAU (Angélique)

122 — *Barra* (Joseph). In-fol.

Superbe épreuve, imprimée en couleur, marge.

CALLOT (J.)

123 — Combat de Veillane, près de Turin, livré le 10 juillet 1630 (509).

Belle épreuve.

CAMUS (A Paris, chez)

124 — La Revanche donnée aux Sans-culottes.

Très belle épreuve.

CARESME (d'après)

125 — Bacchanales. Deux pièces faisant pendants, gravées aux trois crayons par Demarteau.

Très belles épreuves, sans marges.

126 — Loth et ses filles.

Belle épreuve, imprimée en couleur.

127 — Le Réveil du carlin, gravé par Carrée.

Très belle épreuve, imprimée en couleur.

CARINGTON-BOWLES

128 — The English Gentleman at Paris. 1772.

Très belle épreuve.

129 — Ensign Rosebud reposing himself after the fatigues of the Parade. 1782.

Très belle épreuve en couleur.

130 — Molly milton, the Pretty oyster Woman. 1788. In-fol. en couleur.

Très belle épreuve.

131 — A Morning frolic, or the transmutation of sexes. 1780.

Très belle épreuve en couleur.

CARINGTON-BOWLES ET SAYER

132 — Spring, — Summer. Deux pièces faisant pendants publiées en 1779 et 1785.

Très belles épreuves en couleur.

CHAILLOU (A Paris, chez)

133 — La Curieuse aperçue.

Superbe épreuve, grande marge.

CHARLET (N.-T.)

134 — Costumes de la Garde impériale. Suite de trente pièces (157-186).

Très belles épreuves.

CHEVAUX (d'après)

135 — L'Oiseau privé, — Le Dénicheur. Deux pièces faisant pendants, gravées par Mote.

Très belles épreuves, imprimées en couleur.

CLERMONT (d'après)

136 — Le Sculpteur, — Le Poète. Deux pièces gravées aux trois crayons.

Belles épreuves.

COCHIN (Ch.-N.)

137 — Le Tailleur pour femmes.

Très belle épreuve.

COCHIN (d'après Ch.-N.)

138 — La Famille du fermier réunie dans une chaumière, à la sanguine.

Belle épreuve.

139 — Frontispice de l'Encyclopédie, par B.-L. Prevost.

Belle épreuve, marge.

140 — La Petite Charrière en couches, gravé par Saint-Non.

Très belle épreuve.

141 — *Favart* (Mme), par J.-J. Flipart. In-8.

Belle épreuve.

COSTUMES

142 — *Galerie des modes et costumes français.* Ouvrage commencé en l'année 1778, dessiné d'après nature par Leclerc, Desrais, Martin, Simonet, Watteau et de Saint-Aubin; gravés par Dupin, Voysard, Patas, Leroy, Pelicier, Baquoy et Lebeau. A Paris, chez les sieurs Esnault et Rapilly. 2 vol. in-fol., maroq. rouge, filets. (Petit.)

Cet exemplaire est ainsi composé : 1er vol., frontispice, introduction (4 pages); texte explicatif (40 pages) et 96 planches. Tome II, 96 planches. 192 planches dans les deux volumes, représentant 144 coiffures et 156 figures de costumes de modes de l'époque. Dans le tome Ier, on remarque Louis XVI, la reine Marie-Antoinette, le comte et la comtesse de Provence, la comtesse d'Artois en grand habit de cour, le comte d'Artois en colonel de dragons, etc.

Très bel exemplaire, très grand de marges.

143 — La première partie de l'ouvrage précédent, frontispice et 96 planches coloriées. 1 vol. in-fol., mar. rouge, filets. Petit.

Très belles épreuves. Les trente-six premières planches, représentant des coiffures, sont remontées.

144 — 33e cahier de costumes français, 26e suite d'habillements à la mode en 1780 (I. I.). Nos 193, 194, 195, 196 et 197, plus le n° 199 du 35e cachier. Six pièces.

145 — 35e cachier de costumes français, 27e suite d'habillements à la mode en 1781 (J. J.). Nos 199, 200, 201, 202 et 203. Cinq pièces, avec grandes marges.

146 — 36e cahier de costumes français, 28e suite d'habillements à la mode (M. M.). Nos 205, 206, 209. Trois pièces avec grandes marges.

147 — 37e cahier de costumes français, 29e suite d'habillements à la mode en 1781 (N. N.). Nos 211 à 216. Six pièces avec grandes marges.

148 — Le même cahier, moins le n° 215. Cinq pièces avec belles marges, coloriées.

149 — 38e cahier des costumes français, 9e suite de coiffures à la mode en 1781 (O. O.). Nos 217, 218, 219, 220. Quatre pièces avec belles marges.

150 — 39e cahier de costumes français, 10e suite de coiffures à la mode, en 1781. N° 227. Une pièce remmargée.

151 — 40e cahier de costumes français, 30e suite d'habillements à la mode (P. P.). Nos 229, 230, 231, 232 et 233. Cinq pièces avec grandes marges.

COSTUMES

152 — 31e cahier *bis* de costumes français, 31e suite d'habillements à la mode en 1782. Nos 235, 238, 240 (R. R.). Trois pièces avec grandes marges.

153 — 38e cahier de costumes français, 33e suite d'habillements à la mode en 1782 (S. S.). Nos 242, 243 et 244. Trois pièces avec grandes marges.

154 — 39e cahier, coiffures. Nos 247, etc. Deux pièces.

155 — 39e cahier *bis* des costumes français, 35e suite d'habillements à la mode en 1784 (V. V.). Nos 253, 255, 256, 257, 258. Cinq pièces avec grandes marges.

156 — 41e cahier *bis* des costumes francais, 36e suite d'habillements à la mode en 1784 (X. X.). Nos 259 à 264, cahier complet. Six pièces avec grandes marges.

157 — 42e cahier de costumes français, 37e suite d'habillements à la mode (Y. Y.). Nos 265 à 270. Cahier complet. Six pièces avec grandes marges.

158 — 43e cahier des costumes français, 38e suite d'habillements à la mode en 1784 (Z. Z.). Nos 271 à 275. Cinq pièces à grandes marges.

159 — 44e cahier de costumes français, 39e suite d'habillements à la mode. Nos 277, 278, 280, 281, 282. Cinq pièces à grandes marges.

160 — 45e cahier de costumes français, 40e suite d'habillements à la mode en 1785 (A. A. A.). Nos 283, 285, 286, 288. Quatre pièces avec grandes marges.

161 — 46e cahier de costumes français, 41e suite d'habillements à la mode en 1785 (B. B. B.) Nos 292, 293, 294. Trois pièces avec grandes marges.

162 — 47e cahier de costumes français, 42e suite d'habillements à la mode en 1785 (C. C. C.). Nos 295, 297, 298, 299-300. Cinq pièces avec grandes marges.

COSTUMES

163 — 49e cahier de costumes français, 42e suite d'habillements en 1785 (D. D. D.). Nos 302, 303 et 306. Trois pièces avec belles marges.

164 — 49e cahier de costumes français, 43e suite d'habillements à la mode en 1785 (C. C. C.). Nos 307, 308, 309 et 312. Quatre pièces avec belles marges.

165 — 50e cahier de costumes français, 44e suite d'habillements à la mode en 1786 (F. F. F.). Nos 313, 315, 316, 317. Quatre pièces avec belles marges.

166 — 51e cahier de costumes français, 45e suite d'habillements à la mode en 1786 (G. G. G.). Nos 320, 321 et 324. Trois pièces avec belles marges.

167 — 52e cahier de costumes français. 46e suite d'habillements à la mode en 1787 (H. H. H.). Nos 325 et 328. Deux pièces avec belles marges.

168 — 55e cahier de costumes français, 49e suite d'habillements à la mode en 1787 (M. M. M.). Nos 344, 345, 346 et 348. Quatre pièces avec belles marges.

169 — 1er cahier de modes, robes d'étiquette de la cour, faisant suite aux costumes français (O. O. O.). Nos 356, 357 et 359. Trois pièces d'après Saint-Aulin, avec belles marges.

170 — 58e cahier de costumes français, habillements à la mode (P. P. P.). Nos 361, 362, 363, 364. Quatre sujets imprimés sur deux feuilles.

171 — 59e cahier de costumes français, habillements à la mode (Q. Q. Q.). Nos 367 à 372. Six sujets imprimés sur trois feuilles. Cahier complet.

172 — 2e cahier de grandes robes d'étiquette à la Cour de France (R. R. R.). Nos 376, 377. Deux pièces d'après Saint-Aubin, avec belles marges.

COSTUMES

173 — 3ᵉ cahier des grandes robes d'étiquette de la Cour (S. S. S.). Nᵒˢ 379 et 383. Deux pièces d'après Saint-Aubin, avec belles marges.

174 — 60ᵉ cahier de costumes français, habillements à la mode (T. T. T.). Nᵒ 389. Une pièce avec marge.

175 — 62ᵉ cahier de costumes français (X. X. X.). Nᵒˢ 397, 398 et 400. Trois planches avec belles marges.

176 — 63ᵉ cahier de costumes français (Y. Y. Y.). Nᵒˢ 403 et 404. Deux pièces avec belles marges.

177 — Costumes de différents cahiers, doubles des planches indiquées ci-dessus. Quarante-sept pièces en noir et coloriées.

COUTELLIER

178 — *Contat* (Mlle), de la Comédie française, dans le rôle de Suzanne, du Mariage de Figaro. In-4.

Belle épreuve, imprimée en couleur, remmargée.

COYPEL (d'après Ch.)

179 — Vertumne et Pomone, gravé par F. Bartolozzi.

Superbe épreuve, imprimée en couleur, montée en dessin.

CRAIG (d'après W.-M.)

180 — *Edwin* (Mrs), par R. Rosse. In-fol.

Très belle épreuve en couleur.

CREPY (A Paris, chez)

181 — La Suivante Comode.

Très belle épreuve.

CRUIKSHANK

182 — Lobby loungers. Taken from the Saloon of Drury Lane Theatre, — Fashionables of the City, taking the air in Hyde Park! Deux pièces faisant pendants, en couleur.

Belles épreuves.

DANLOUX (d'après)

183 — Je t'en ratisse, par Beljambe.

Belle épreuve, marge.

DEBUCOURT (P.-L.)

184 — La Croisée.

Très belle épreuve en couleur, remmargée.

185 — Jouis, tendre mère.

Très belle épreuve, imprimée en couleur.

186 — L'Oiseau privé.

Très belle épreuve, remmargée.

187 — La Jeune femme.

Très belle épreuve en couleur.

188 — La Petite barque, ou l'heureuse union.

Très belle épreuve.

189 — Le Gourmand. In-8.

Belle épreuve en couleur, marge.

190 — Histoire de Ragotin. Suite de quatre pièces d'après Rioult.

Très belles épreuves en couleur.

191 — Chacun son tour, d'après C. Vernet, en couleur.

Très belle épreuve.

192 — La Marchande de coco, d'après C. Vernet, en couleur.

Très belle épreuve.

193 — La Toilette d'un clerc de Procureur, d'après C. Vernet.

Très belle épreuve en couleur.

194 — Les Joueurs de boules, d'après C. Vernet.

Très belle épreuve, toute marge.

195 — La Danse des chiens en désordre, d'après C. Vernet.

Très belle épreuve, toute marge.

196 — Le Joueur de cornemuse, d'après C. Vernet.

Très belle épreuve, toute marge.

DEBUCOURT (P.-L.)

197 — Les chevaux de bateau, d'après C. Vernet.

Très belle épreuve, toute marge.

198 — Route de Poissy, d'après C. Vernet.

Très belle épreuve, toute marge.

199 — Route de Naples, d'après C. Vernet.

Très belle épreuve, avec toute sa marge.

200 — Le Marchand de chevaux normands, gravé par Charon, d'après C. Vernet.

Très belle épreuve, toute marge.

201 — La Perruque enlevée, d'après Vernet.

Très belle épreuve, grande marge.

DECAMPS ET AUTHIER

202 — Vue intérieure d'une baraque, — Déménagement de la baraque, — Les Oies de frère Philippe. Trois pièces coloriées.

Belles épreuves.

DELORME (d'après)

203 — Nécessité n'a point de loi, par Mlle Papavoine.

Belle épreuve.

DEMARTEAU

204 — Amour sur des nuages (107), — Amour sur des Dauphins (108). Deux pièces, d'après Boucher.

Belles épreuves.

205 — Les mêmes estampes.

Belles épreuves.

206 — Amours sur des nuages, d'après Boucher (12 et 133).

Très belles épreuves.

207 — Amours soutenant des draperies.

Très belle épreuve.

208 — Bacchanales. Deux pièces faisant pendants, gravées aux trois crayons, d'après Caresme.

Très belles épreuves.

DEMARTEAU

209 — Bacchante, — Léda. Deux pièces gravées aux trois crayons, d'après Boucher et Le Barbier (468 et 469).

Très belles épreuves.

210 — Bergère avec son troupeau (230), — La Bouquetière, — Jeune Mère avec ses enfants. Trois pièces, d'après Boucher et Huet, imprimées en sanguine.

Belles épreuves.

211 — Bustes de femmes et de vieillards. Trois pièces, gravées à plusieurs crayons, d'après Vincent et Doyen (648, 649 et 272).

Très belles épreuves.

212 — Trois bustes de femmes, gravés aux trois crayons, d'après Boucher.

Belles épreuves.

213 — Entrée d'un village, d'après Boucher.

Belle épreuve, imprimée en sanguine.

214 — La Fermière, — Le Plaisir innocent. Deux pièces gravées aux trois crayons, d'après Huet (433 et 471).

Très belles épreuves.

215 — Fleuristes au repos (163), — Vénus et l'Amour couchés (21), — Bergère et son mouton favori (146). Trois pièces gravées à la sanguine, d'après Boucher.

Très belles épreuvês.

216 — La Leçon de flûte, d'après Boucher (551).

Très belle épreuve.

217 — Repos après la chasse, d'après Huet (472).

Belle épreuve.

218 — Retour de l'école (145), — La Bonne mère (171). Deux pièces à la sanguine, d'après Boucher.

Très belles épreuves.

219 — Retour de l'École (145), — Diane (244), — Bacchante et Amour. Trois pièces gravées à la sanguine, d'après Boucher et Huet.

Très belles épreuves.

DEMARTEAU

220 — Le Réveil. Deux compositions différentes, aux trois crayons, d'après Boucher.

Belles épreuves.

221 — P. P. Rubens, à l'âge de trente ans, gravé aux trois crayons, d'après Watteau.

Très belle épreuve.

222 — Sainte famille (101), — La Bergère (230), — La Petite jardinière (144). Trois pièces, d'après Boucher.

Très belles épreuves.

223 — Satyre et Nymphe endormie, d'après Caresme (574).

Très belle épreuve.

224 — Vénus et l'Amour couchés sur des draperies, d'après Boucher (46).

Belle épreuve.

225 — Vénus couronnée par les Amours, d'après Boucher.

Très belle épreuve.

DENY (A Paris, chez)

226 — Les Regrets inutiles.

Très belle épreuve en couleur.

DESBOUTINS (M.)

227 — Le Musicien, — La Musicienne. Deux pièces faisant pendants, d'après Hals.

Très belles épreuves avant la lettre.

228 — *Zola* (Émile), — *Goncourt* (Edmond de). Deux pièces.

Très belles épreuves.

229 — Portraits et études, gravés à la pointe sèche. Cinq pièces.

Très belles épreuves d'artiste. Signées.

DESCOURTIS

230 — F.-S. Wilhelmine de Prusse, princesse d'Orange et de Nassau, d'après Hentzi. In-fol.

Superbe épreuve, imprimée en couleur, grande marge.

DESCOURTIS

231 — Histoire de Paul et Virginie. Suite de six pièces, d'après Schall.

Très belles épreuves, imprimées en couleur.

DESRAIS (d'après C.-L.)

232 — Le Nouveau jeu du costume et des coiffures des Dames. Pièce très curieuse au point de vue du costume et des coiffures. Les quatre écoincons sont remplis par les occupations d'une femme du monde (Marie-Antoinette), dans les quatre parties de la journée.

Très belle épreuve d'une pièce très rare, coloriée.

233 — Le Double engagement.

Très belle épreuve, toute marge.

234 — Voltaire couronné par Mme Clairon, gravé par Dupin.

Très belle épreuve du premier tirage, avec marge.

235 — Voltaire couronné par Mlle Clairon, gravé par Dupin.

Très belle épreuve.

DETAILLE (E.)

236 — Militaires et incroyables. Croquis sur une même feuille.

Très belle épreuve.

237 — Cuirassier, — Trompette de chasseurs, — Un Uhlan. Trois pièces.

Belles épreuves.

238 — Cavalier en campagne.

Très belle épreuve.

239 — Inauguration du buste d'Offenbach, gravure sur bois par Gillot.

DEVERIA (A.)

240 — Contes de La Fontaine, par A. Deveria. Paris, E. Ardit, éditeur, sans date. Suite complète de trente pièces, avec le titre.

Très belles épreuves, toutes marges.

DIVERS

241 — Henry Monnier dans la famille improvisée, — Les Sauveurs de la France, — M. Bellecour dans Le Joueur. Trois pièces en couleur, dont deux par Henry Monnier.

242 — Les Malades et les médecins, — Revue comique, — Les Mauvais payeurs, — Caricature du jour, — Les Amants célèbres, — Les Domestiques, — etc. Seize pièces coloriées.

243 — Caricatures, par L. Noel, Traviès, Monnier, Arago, etc. 15 pièces coloriées.

244 — Caricatures politiques, par divers artistes du règne de Louis-Philippe. 14 pièces.

DORÉ (G.)

245 — Le Combat, scène tirée de l'Arioste. Eau forte (H. B. 25).
Très belle épreuve.

246 — Arioste. Roland furieux. Paris, Hachette, 1879. 277 fumés, tirages à part sur chine, et quelques pièces inédites. Renfermées dans deux portefeuilles.

247 — Illustrations pour l'Enfer du Dante. 40 pièces, fumées et épreuves avant la lettre, sur chine.

DREVET (P.)

248 — *Cotte* (Robert de), d'après Rigaud. In-fol.
Superbe épreuve du premier état, avant le mot : « Architecte ».

DUGOURE (d'après D.)

249 — Le Lever de la Mariée, par Trière.
Très rare épreuve avant toutes lettres, à l'état d'eau-forte, remmargée.

250 — Roxelane, par Le Beau.
Belle épreuve.

DUPLESSIS-BERTAUX

251 — Les Mendiants. Suite de douze pièces.
Belles épreuves avant la lettre, toutes marges.

DUPLESSIS-BERTAUX (d'après)

252 — L'Instant de la gaieté, — La Réflexion tardive, — La Perte irréparable, — La Chambrière instruite. Suite de quatre pièces publiées à Londres, par R. Sayer.

Superbes épreuves, avec grandes marges.

253 — Le Marché conclu, — La Fille mal payée. Deux pièces faisant pendants, publiées à Londres, chez Picot.

Très belles épreuves, grandes marges.

DUPONCHELLE

254 — Marie-Antoinette, reine de France. In-4.

Très belle épreuve, marge.

DURER (Albert)

255 — La Visitation (B. 84), — La Présentation au temple (88), La Mort de la Vierge (93). — L'Assomption de la sainte Vierge (94). Quatre pièces de la suite de la Vie de la Vierge.

Belles épreuves avant le texte au verso.

ÉCOLE ANCIENNE

256 — Le Martyre de saint Pierre, d'après Titien, par Martin Rota (B. 20), — Sujets de l'École de Fontainebleau, etc. Quatre pièces.

Belles épreuves.

ÉCOLE FRANÇAISE DU XVIIIe SIÈCLE

257 — Les Amants heureux. Deux pièces ovales, faisant pendants, imprimées en bistre.

Très belles épreuves, sans noms d'artistes.

258 — Cabriolet des trois ordres. Six médaillons sur une même planche.

Très belle épreuve.

259 — Compositions galantes pour dessus de boîtes et tabatières. Six pièces.

Très belles épreuves.

ÉCOLE FRANÇAISE DU XVIIIe SIÈCLE

260 — Sujets galants. Deux médaillons ovales faisant pendants.

Belles épreuves, imprimées en couleur.

261 — Sujets galants, pour dessus de tabatières. Suite de quatre pièces.

Très belles épreuves.

262 — Promenade aérienne du jardin Beaujon.

Belle épreuve en couleur.

263 — Toilette de Vénus. Pièce in-4 de forme ovale en hauteur.

Très belle épreuve, sans aucunes lettres.

264 — Vues d'Autriche, avec nombreux personnages sur le devant. Deux pièces.

Très belles épreuves en couleur.

265 — Vue intérieure d'un bain public, dans un grand bâtiment en bois. Pièce en couleur, très rare.

Très belle épreuve, sans marge.

266 — Huit vignettes. Vénus, les Grâces et les Amours, imprimées sur une même feuille, pour un almanach de poche.

Épreuves coloriées.

ÉCOLE ANGLAISE DU XVIIIe SIÈCLE

267 — Chloë. Jolie pièce de forme ovale en largeur.

Belle épreuve en couleur.

EISEN (Ch.)

268 — Les Trois Grâces.

Très belle épreuve, marge.

EISEN (d'après Ch.)

269 — L'Accord de mariage, par R. Gaillard.

Très rare épreuve avant toutes lettres, à l'état d'eau-forte.

270 — La Belle Nourrice, par de Longueil.

Belle épreuve.

FLAMENG (L.)

271 — Angélique, d'après Ingres.

Superbe épreuve avant toutes lettres et avant la bordure, sur chine.

272 — La même estampe.

Superbe épreuve avant la lettre, mais avec la bordure et les noms d'artiste à la pointe, sur chine.

273 — Dépouilles opimes, — Odalisque à l'esclave. Deux pièces, d'après Ingres.

Très belles épreuves avant la lettre.

274 — *Devaucay* (Mme de), d'après Ingres.

Très belle épreuve sur chine.

275 — Hassan et Namouna (intérieur de harem), d'après H. Regnault.

Épreuve d'artiste, sur chine. Signée.

276 — La Leçon d'anatomie, — Les Syndics de la Halle aux draps. Deux pièces faisant pendants, d'après Rembrandt.

Très belles épreuves de remarque, avec portraits dans les marges du bas. Signées du graveur, sur japon.

277 — La Source, d'après Ingres.

Superbe épreuve avant la lettre, sur chine.

278 — La Vague, d'après Cabanel.

Très belle épreuve avant la lettre, sur chine.

FRAGONARD (H.)

279 — L'Armoire (P. de B. 2).

Très belle épreuve avant l'adresse de Naudet.

FRAGONARD (d'après H.)

280 — Le Baiser, par Marchand.

Superbe épreuve avec belle marge.

281 — La Chemise enlevée, par E. Guersant.

Très belle épreuve.

282 — La Coquette fixée, par Couché et Dambrun.

Superbe épreuve, grande marge.

FRAGONARD (d'après H.)

283 — La Culbute, par Charpentier.
Très belle épreuve, marge.

284 — Famille du fermier, gravé par Saint-Non.
Belle épreuve, imprimée en bistre, remmargée.

285 — La Faiseuse de beignets, gravé par Saint-Non.
Belle épreuve, marge.

286 — Les Jets d'eau, — Les Pétards. Deux pièces faisant pendant, gravées par Auvray.
Belles épreuves, avant les vers.

287 — La Résistance inutile, par G. Vidal.
Superbe épreuve.

288 — Le Verre d'eau, par N. Ponce.
Bonne épreuve.

289 — Belphegor, gravé à l'eau-forte par A.-J. Duclos, en 1794.
Très rare épreuve à l'état d'eau-forte.

290 — Le Villageois qui cherche son veau.
Superbe et ancienne épreuve avant toutes lettres, toutes marges.

FREUDEBERG (d'après S.)

291 — Le Lever, par Romanet.
Le Bain, par Romanet.
Le Coucher, par Duclos et Bosse.
L'Événement au bal, par Duclos et Ingouf.
La Soirée d'hiver, par Ingouf.
La Promenade du soir, par Ingouf.
Les Confidences, par Lingée.
Le Boudoir, par P. Malœuvre.
La Promenade du matin, par Lingée.
La Visite inattendue, par Voyez l'aîné.
L'Occupation, par Lingée.
La Toilette, par Voyez l'aîné.

Suite complète de douze pièces formant la première

FREUDEBERG (d'après S.)

suite d'estampes pour servir à l'histoire des mœurs et du costume des Français dans le dix-huitième siècle, année 1775.

Superbes épreuves avant les numéros, avec belles marges. Suite très rare complète en aussi belle qualité.

292 — L'Occupation, par Lingée.

Très belle épreuve, marge.

293 — Le Boudoir, par P. Maleuvre.

Très belle épreuve, marge.

FRYE (Th.)

294 — Portrait d'une jeune femme vue de profil et dirigée vers la droite; elle est coiffée d'un bonnet et vêtue d'un manteau doublé de fourrures (Smith, 12).

Superbe épreuve.

295 — Portrait d'une jeune femme vue de face, riche coiffure ornée de bijoux, collier de perles retenu par un nœud de ruban (25).

Superbe épreuve.

GAILLARD (F.)

296 — Horace Vernet, d'après Paul Delaroche (Beraldi, 9).

Superbe épreuve d'artiste, avant toutes lettres, sur chine.

297 — La Vierge au donateur, d'après Jean Bellin (B., 16).

Superbe épreuve d'artiste, avec les noms à la pointe, sur chine.

298 — Œdipe, d'après Ingres (24).

Superbe épreuve d'artiste, avec les noms à la pointe, sur chine.

299 — L'Homme à l'œillet, d'après Van Eyck (B., 25).

Superbe épreuve d'artiste, avec le nom de Gaillard à la pointe au milieu de la marge du bas, sur chine.

300. — La Vierge de la maison d'Orléans, d'après Raphaël (26).

Superbe épreuve d'artiste, avec les noms à la pointe dans le milieu de la marge du bas, sur chine.

GAÏLLARD (F.)

301 — Dante, bronze du XVe siècle (27).
Superbe épreuve d'artiste, sur chine.

302 — Le Crépuscule, d'après Michel-Ange (32).
Très rare épreuve d'essai, sur chine.

303 — Dom Prosper Guéranger, abbé de Solesmes (38).
Très belle épreuve avant la lettre, sur chine.

304 — Léon XIII. In-fol. (39).
Superbe épreuve d'essai de la planche retouchée, sur chine.

305 — Monseigneur *Pie*, évêque de Poitiers. In-4. (40).
Très belle épreuve avant la lettre, sur chine.

306 — La sœur Rosalie (48).
Superbe épreuve avant la lettre, sur chine.

307 — Monseigneur de Ségur (52), — Tête de Femme, de profil à droite, un nœud de rubans dans les cheveux (68). Deux pièces gravées à l'eau-forte.
Très belles épreuves.

GAMBLE ET COYPEL (A Paris, chez)

308 — La Curieuse indiscrète.
Très belle épreuve.

GAUTHIER (A Paris, chez)

309 — Aventure tragique arrivée au bastringue du Port-au-Bled. Image populaire avec légende.

GAUTIER-DAGOTY

310 — *Voltaire* (F.-M. Arouet de). In-4.
Très belle épreuve imprimée en couleur, montée en dessin.

GÉRICAULT (TH.)

311 — Portrait de Géricault, par Cognet.
Très belle épreuve.

312 — Boxeurs (Ch. Cl. 9. r. r.).
Très belle épreuve.

GÉRICAULT (Th.)

313 — Chariot chargé de soldats blessés, traîné par trois chevaux (10 rr).

Très belle épreu.e. marge.

314 — Caisson d'artillerie (13 rr).

Très belle épreuve.

315 — Le Factionnaire suisse au Louvre (14 r).

Très belle épreuve.

316 — A Party of life Guards (28 r).

Très belle épreuve.

317 — An Arabian horse (29 r).

Très belle épreuve.

318 — The flemish farrier (32 r).

Très belle épreuve.

319 — A French farrier (33 r).

Très belle épreuve.

320 — Horses going to a fair (37 r).

Très belle épreuve.

321 — Marchand de poisson assis près de son étal et endormi (40), — Cheval de carrosse monté par un palefrenier (39), — Trois enfants jouant avec un âne près d'une fontaine (41). Trois pièces.

Très belles épreuves.

322 — Suite de grandes lithographies françaises, imprimées par Vilain, publiées par Gihaut en 1822. Douze pièces (75-86).

Très belles épreuves.

323 — Etudes de chevaux et autres sujets publiés en plusieurs suites par Gihaut et Mme Hulin. Trente-neuf pièces.

Très belles épreuves.

GILBERG

324 — Mlle de la Chantrie, de l'Opéra, d'après Pierre. in-fol. en sanguine.

Belle épreuve.

GRAVELOT (d'après H.)

325 — Les Arts libéraux et les Métiers. Douze compositions imprimées sur six planches, gravées par Bachelier.

Très belles épreuves, marges.

GREEN (V.)

326 — Marie-Charlotte-Thérèse, fille de Louis XVI, d'après Ch. Dubos, 1796. In-fol.

Superbe épreuve, imprimée en couleur, grande marge.

HARMAR (T.)

327 — To the Banquet. Pièce in-4, ovale en hauteur.

Très belle épreuve en couleur.

HARRIET (d'après F.-J.)

328 — Le Thé parisien, suprême bon ton au commencement du XIXe siècle.

Très belle épreuve en couleur.

HOIN (d'après)

329 — La Tendre amitié, par de Monchy.

Très belle épreuve.

HOLLAR (W)

330 — *Borcht* (Henri Van der). — Buste d'homme d'après Holbein. Deux pièces.

Belles épreuves.

HOPFER (D. ET J.)

331 — Vases et ornements divers. Trois pièces.

Belles épreuves.

HOPNER (d'après J.)

332 — *Campbell* (lady Charlotte), — *Saint-Asaph* (Charlotte, viscountess). Deux portraits in-8, gravés par Burke et Cooper.

Très belles épreuves.

HUET (d'après J.-B.)

333 — Les Adieux du Fermier, gravé par Jubier.

Très belle épreuve, imprimée en couleur.

334 — L'Amant écouté, — L'Eventail cassé. Deux pièces faisant pendants, gravées par L. Bonnet.

Très belles épreuves imprimées en couleur.

335 — L'Amant pressant, — La Déclaration. Deux pièces faisant pendants, gravées par A. Legrand.

Très belles épreuves, imprimées en couleur.

336 — L'Amour offrant des présents à Ariane, — Offrande présentée par l'Amour à la Fidélité. Deux pièces faisant pendants, gravées par Bonnet.

Très belles épreuves, imprimées en couleur.

337 — L'Amour prie Vénus, par L. Bonnet.

Belle épreuve, imprimée en couleur.

338 — Ce qui est bon à prendre est bon à garder, par Chaponnier.

Superbe épreuve avant la lettre, grande marge.

339 — Coiffure sans fond, — Chapeau au ballon, — Jeannette, — Marlboroug. Quatre pièces gravées à la sanguine.

Belles épreuves.

340 — Coiffure sans fond, — Croquis et coiffures sur une même feuille. Deux pièces gravées à la sanguine.

Belles épreuves.

341 — La Colère feinte. Pièce in-8 de forme ovale, gravée en réduction de : l'Eventail cassé.

Belle épreuve, imprimée en couleur.

342 — Le Départ d'une Foire, par Jubier.

Très belle épreuve, imprimée en couleur, marge.

343 — Le Doux baiser, pièce ovale en hauteur.

Très belle épreuve, imprimée en couleur.

HUET (d'après J.-B.)

344 — L'Espoir d'un heureux Jour, par L. Bonnet.

Superbe épreuve imprimée en couleur, avant toutes lettres.

345 — La Feinte résistance, — Le Serpent sous les fleurs. Deux pièces faisant pendants, gravées par Godefroy et Patas.

Très belles épreuves, grandes marges.

346 — L'Heureuse distraction, — La Colère feinte. Deux pièces faisant pendants, gravées en réduction de : l'Amant écouté et l'Eventail cassé.

Très belles épreuves, imprimées en couleur.

347 — La Méfiance, gravé par Jubier.

Très belle épreuve, imprimée en couleur.

348 — Les Moutons, — Les Lapins. Deux pièces gravées aux trois crayons, par Bonnet.

Belles épreuves.

349 — Le Mouton chéri, — La Chasse aux Papillons. Deux pièces faisant pendants, par Demarteau (643-644).

Très belles épreuves, imprimées en couleur.

350 — L'Oiseau privé, par L. Bonnet.

Très belle épreuve, imprimée en couleur.

351 — Pyrame et Thisbé, par Bonnet.

Belle épreuve, imprimée en couleur, remmargée.

352 — Le Printemps, — L'Eté. Deux pièces faisant pendants, gravées par Demarteau.

Très belles épreuves, imprimées en couleur.

353 — La Recherche des appas, par Dnarwell.

Belle épreuve, imprimée en couleur.

354 — Le Soir, — L'Après-midi. Deux pièces faisant pendants, gravées par Demarteau (548-549).

Très belles épreuves en couleur.

355 — Les Soins maternels, — L'Heureuse mère. Deux pièces faisant pendants, gravées par Bonnet.

Très belles épreuves, imprimées en couleur, remmargées.

HUET (d'après J.-B.)

356 — La Tasse de chocolat, gravé par Bonnet.

Très belle épreuve, avant toutes lettres, imprimée en couleur.

357 — La Toilette, par Bonnet.

Superbe épreuve, imprimée en couleur.

358 — Toilette de Vénus, gravé par Bonnet.

Belle épreuve, imprimée en couleur, remmargée.

359 — Le Triomphe d'Ariane, — Le Triomphe de Galathée. Deux pièces faisant pendants, gravées par Bonnet.

Très belles épreuves, imprimées en couleur.

HUOT (F.)

360 — *De Launay* (Nicolas), d'après Aug. de Saint-Aubin, In-4.

Belle épreuve.

INCROYABLES

361 — La Folie du jour, par Tresca.

Très belle épreuve.

JONCKIND

362 — Cahier d'eaux-fortes. Suite de six pièces et un titre, publiées par Delatre en 1862.

Très belles épreuves, dans la couverture de publication.

JONES (d'après G.)

363 — Pheasants in danger, — A Rencounter in farm yard. Deux pièces faisant pendants, gravées par H. Pyall.

Belles épreuves en couleur.

JACQUE (Ch.)

364 — La Grande Bergerie.

Superbe épreuve avant toute lettre. Signée, toute marge.

365 — Croquis de paysages et sujets variés. Six pièces.

Épreuves avant la letttre.

JACQUE (Ch.)

366 — Etudes d'après Ribeira. Neuf pièces.

Épreuves de premier tirage.

367 — Etudes d'animaux, — Paysages, — Frontispices de romances, etc. Huit pièces.

Très belles épreuves de premier tirage.

368 — Paysages et sujets variés. Seize pièces.

Très belles épreuves de premier tirage.

369 — Croquis divers à l'eau-forte et à la pointe sèche. Huit pièces,

Très belles épreuves de premier tirage.

370 — Paysages et croquis. Six pièces.

Très belles épreuves de premier tirage.

371 — Porcherie, — L'Abreuvoir, — Paysages et croquis divers. Six pièces.

Épreuves avant la lettre.

372 — Paysages et sujets à l'eau-forte et pointe sèche. Dix-huit pièces.

Très belles épreuves de premier tirage.

JACQUE (d'après Ch.)

373 — Les Mois de l'année. Suite de douze pièces gravées sur bois par Lavieille.

Très belles épreuves, sur chine.

JANINET (F.)

374 — L'Aimable paysanne, d'après Saint-Quentin.

Très belle épreuve, imprimée en couleur, remmargée.

375 — La Jeune vestale, d'après Le Barbier.

Belle épreuve, imprimée en couleurr, remmargée.

376 — Les Trois Grâces, d'adrès Pellegrini.

Superbe épreuve, avant la lettre et avant la guirlande de fleurs, imprimée en couleur, grande marge.

JANINET (F.)

377 — La même estampe.

Superbe épreuve du même état.

378 — Vénus en réflexion, d'après Charlier.

Très belle épreuve, imprimée en couleur.

379 — Cinq médaillons, bustes de jeunes femmes, dont un tout petit au milieu.

Très belle épreuve, imprimée en couleur.

380 — Buste de femme, gravé aux trois crayons d'après Sauvé.

Belle épreuve.

381 — Trait extraordinaire de courage, de bienfaisance et d'humanité de Catherine Vassent, — Trait de bonté de Louis de France, duc de Bourgogne. Deux pièces.

Belles épreuves, imprimées en couleur.

382 — *Henri IV*, roi de France, d'après Porbus. In-fol.

Très belle épreuve, imprimée en couleur, marge.

JAZET

383 — Bivouac de Cosaques aux Champs-Elysées, — Course de traîneaux à Krasnoï-Kaback. Deux pièces faisant pendants, d'après Sauerwied.

Superbes épreuves en couleur, avant toutes lettres, avec grendes marges.

384 — Histoire de Don Quichotte. Suite de six pièces, d'après Martinet.

Très belles épreuves, imprimées en couleur.

JEAURAT (d'après A.)

385 — Le Berger constant, — Le Garçon jardinier. Deux pièces faisant pendants, gravées par Nicolas Dufour.

Très belles épreuves, marges.

JOLLAIN (d'après)

386 — Le Bain, — La Toilette. Deux pièces faisant pendants, gravées par L. Bonnet.

Très belles épreuves, imprimées en couleur.

LAGUILLERMIE (F.-A.)

387 — Reddition de la ville de Breda, d'après Vélasquez.
Épreuve d'artiste.

388 — Portrait d'homme coiffé d'un turban, chantant.
Épreuve d'artiste, sur chine.

389 — Gulliver enchaîné par les Lilliputiens, d'après Vibert.
Épreuve d'artiste, avec dédicace.

LAMI ET MONNIER

390 — Les Contes de revenants, — Le Marais, — Un Marchand de chevaux anglais, — Chevaux de louage, — club de Fermiers. Cinq pièces, dont quatre coloriées.

LANCRET (d'après N.)

391 — Le Faucon, par de Larmessin.
Très belles épreuves, avant l'adresse de Buldet, grande marge.

392 — A femme avare galant escroc, par de Larmessin.
Très belle épreuve, avant l'adresse de Buldet.

393 — Le Gascon puni, par de Larmessin.
Très belle épreuve, avant l'adresse de Buldet.

394 — Nicaise, par de Larmessin.
Très belle épreuve, marge.

395 — La Servante justifiée, par de Larmessin.
Très belle épreuve, avant l'adresse de Buldet.

396 — Les Troqueurs, par de Larmessin.
Très belle épreuve, avant l'adresse de Buldet.

LAVREINCE (d'après N.)

397 — Ah ! laisse-moi donc voir ! par Janinet (E. B. 2).
Très belle épreuve, imprimée en couleur.

398 — Les Apprêts du ballet, par Tresca.
Superbe épreuve avant la lettre.

LAVREINCE (d'après N.)

399 — La Balançoire mystérieuse, — Les Nymphes scrupuleuses. Deux pièces faisant pendants, gravées par Vidal. (9 et 42.)

Superbes et rares épreuves avant la lettre.

400 — La Comparaison, par Janinet.

Très belle épreuve, imprimée en couleur.

401 — Les Deux Cages, ou la plus heureuse, par de Bréa (19).

Superbe épreuve eu couleur.

402 — Le Restaurant, par Deni (53).

Superbe épreuve, grande marge.

403 — Les Sabots, par J. Couché (57).

Très rare épreuve avant toute lettre, à l'eau-forte pure, remmargée.

404 — Le Joli chien (E. D. Aps. 4).

Superbe épreuve de la planche ovale, publiée chez Le Grand, imprimée en couleur, marge.

LAVREINCE ET MOREAU (d'après)

405 — The Grove, — The Green plot. Deux pièces faisant pendants.

Très belles épreuves, marges.

LAWRENCE (d'après SIR T.)

406 — *Grosvenor* (Lady), par C. Turner. In-fol.

Très belle épreuve.

407 — *Peel* (Miss), — The proffered Kiss, — *Hope* (Master), — Le Delizie materne. — Quatre pièces, gravées par Samuel Cousins et Longhi.

Très belles épreuves.

408 — The child with flovers (Portrait de Louise-Georgina-Augusta-Anne Murray), gravé par G.-T. Doo. In-fol.

Très belle épreuve sur chine.

409 — The Daughters of Charles B. Calmady, — Portraits d'enfants, etc. Quatre pièces.

Belles épreuves.

LE BEAU

410 — Conventions de mariage.
Très belle épreuve, grande marge.

411 — *Desbrosses* (Mlle), actice de la Comédie italienne. In-8.
Très belle épreuve, avant le numéro, toute marge.

412 — *Du Barry* (Mme la comtesse), d'après Marillier. In-8.
Très belle épreuve, avant le numéro, toute marge.

LE BRUN (d'après Mme Vigée)

413 — La Vertu irrésolue, par Dennel.
Très belle épreuve, avant toutes lettres.

LE CLERC (d'après)

414 — Le Bon logis, par L. Bonnet.
Très belle épreuve, imprimée en sanguine.

LE CŒUR (A Paris, chez)

415 — S'il cassait. Pièce de forme ronde.
Très belle épreuve, imprimée en couleur.

LE DRU (A Paris, chez)

416 — Le Milord anglais à Paris courant le hasard, — Mlle des faveurs aux Tuileries. Deux pièces, coloriées.
Belles épreuves.

LEFMAN

417 — La Toile d'araignée, d'après Vibert.

LE GRAND

418 — Le Villageois qui cherche son veau, — La Servante justifiée. Deux pièces.
Très belles épreuves, marges.

LE MESLE (d'après)

419 — Le Lutrin. Suite de sept planches gravées par Ouvrier, Lucas, Pinssio, Filloeul, et Chenu.
Belles épreuves.

LE PÈRE ET AVAULEZ (A Paris, chez)

420 — Le Retour désiré, — Louis XVI rappelle son parlement.

Très belles épreuves, marge.

LE PRINCE (J.-B.)

421 — La Danse russe.

Très belle épreuve, imprimée en bistre.

LITTRET

422 — *Pompadour* (La marquise de), d'après Scheneau. In-4.

Belle épreuve.

DE LONGUEIL

423 — Le Retour à la vertu.

Très belle épreuve, imprimée en couleur, remmargée.

LUCIEN (J.-B.)

424 — La Belle Persane, d'après Cipriani, à la sanguine.

Très belle épreuve, marge.

MALLET (d'après)

425 — Le Lever, gravé par Mixelle.

Belle épreuve, imprimée en couleur.

426 — La Volupté l'endort, par Prot et Dissart.

Belle épreuve en couleur.

MANTEGNA (André)

427 — Combat de dieux marins (B. 18).

Très belle épreuve.

MARILLIER (d'après C.-P.)

428 — Louis XII, — Henri IV, — Sully, — Condé, — Massillon. Cinq portraits de la suite des Français illustrés, gravés par Ponce.

Très rares épreuves avant toutes lettres, à l'état d'eau-forte, marges.

MARTINET (A Paris, chez)

429 — Armée des souverains alliés, année 1814. Suite de quatre pièces.

Belles épreuves en couleur.

MARTINET (d'après)

430 — Enfants offrant des roses à leur mère, par Duhamel.

Belle épreuve, marge.

MEISSONIER (E.)

431 — Le Sergent rapporteur.

Très belle épreuve sur chine.

432 — Les Reitres (H. B., 15).

Très belle épreuve. Collection Burty.

433 — Monsieur Polichinelle, tourné à gauche (H. B., 18).

Très belle épreuve. Collection Burty.

MEISSONIER (d'après E.)

434 — Halte, par L. Flameng.

Très belle épreuve, avant la lettre, sur chine.

435 — L'Audience, par Ch. Carey.

Très belle épreuve, avant la lettre, sur chine.

MENUT ET **WATTIER**

436 — Portes et fenêtres. Quatre pièces coloriées.

METZ

437 — Groups of Children by, C. M. Metz. Suite de quatre pièces.

Belles épreuves, imprimées en couleur.

MILLET (J.-F.)

438 — La Couseuse. 1855 (Beraldi, 10).

Très belle épreuve, sur chine.

439 — La Cardeuse (H. B., 16).

Superbe épreuve, sur chine volant.

MILLET (J.-F.)

440 — La Grande Bergère (19).
Sch Très belle épreuve. 60 Dumont

441 — La Précaution maternelle, — Paysanne vidant un seau
Sch dans deux cruches. Clichés sur verre (H. B., 25 et 26).
Belles épreuves, encadrées.

MIKELLE (F.)

442 — Paul et Virginie. — Naufrage de Virginie. Deux pièces 15
L faisant pendants, d'après Lambert.
Très belles épreuves, imprimées en couleur.

443 — Tablaux des dieux, demi-dieux et héros de la fable. 30
L A Paris, chez Pavard, 1787. Trois suites différentes, de Danlos
chacune huit pièces, pour almanachs de poche.
Très belles épreuves en couleur. Rares.

MOITTE (d'après P.-E.)

444 — La Surprise agréable, par Vidal. 29
L Superbes épreuves avant toutes lettres et avant la draperie.

MONGIN (d'après)

445 — Vue du château de Saint-Cloud, par Chapuy. 13
L Très belles épreuves en couleur. Mathias

MONNET (d'après)

446 — Les Baigneuses surprises, par Vidal. 20
L Très belle épreuve.

447 — Jupiter et Anthiope, par Vidal. 5
L Très belle épreuve. Danlos

448 — Jupiter et Io, par Vidal. 10
L Très belle épreuve. Danlos

449 — Renaud et Armide, par Vidal. 20
L Très belle épreuve, avant la lettre et avant la draperie. Danlos

450 — La même estampe. 5
L Très belle épreuve, avec la lettre. Danlos

MONNET (d'après C.)

451 — Salmacis et Hermaphrodite, par Vidal.

Très belle épreuve.

452 — Vénus et Adonis, par Vidal.

Très belle épreuve.

MONNIER (H.)

453 — Six quartiers de Paris. Cinq pièces et le titre. Manque le nº 2.

454 — Boutiques de Paris. Suite de six pièces, dont cinq en noir et une coloriée.

455 — Impressions de voyages. — Tribulations, — Les Gens sans façon, — Grisettes, — Récréations, etc. Dix pièces en noir ou coloriées.

456 — Mœurs administratives. Suite de six pièces en hauteur, coloriées.

Très belles épreuves, dont cinq avec de très grandes marges.

MOREAU (J.-M.) LE JEUNE

457 — Pouvoir de l'amour, d'après Deshayes.

Superbe épreuve, avant la lettre.

458 — Petite vue de la cathédrale d'Orléans.

Belle épreuve, remmargée.

MOREAU (d'après J.-M.)

459 — Les Adieux, par De Launay le jeune. 1777.

Superbe épreuve, avec les lettres A. P. D. R., marge.

460 — La Course de chevaux, par Guttenberg.

Très belle épreuve, avec les lettres A. P. D. R.

461 — Déclaration de la grossesse, par Martini.

Très belle épreuve, avec les lettres A. P. D. R.

462 — N'ayez pas peur, ma bonne amie, par Helmaer. 1776.

Très belle épreuve, avec les lettres A. P. D. R., marge.

MORLAND (d'après G.)

463 — The farmers stable, gravé par W. Ward. 1795.

Très belle épreuve en couleur, marge.

464 — Séduction, par J. Young. 1788.

Très belle épreuve en couleur, marge.

NATTIER (d'après J.-M.)

465 — Madame la duchesse de*** en Hébé, gravé par Hubert

Très belle épreuve.

NAUDET (A Paris, chez)

466 — Les Filles de joie rusées.

Superbe épreuve, avant toutes lettres.

NÉE et MASQUELIER

467 — Le déjeuner de Ferney, d'après Denon.

Belle épreuve.

NOORT (C. Van

468 — Le Fumeur.

Belle épreuve.

NORTHCOTE (d'après J.)

469 — The falconer, gravé par S.-W. Reynolds. 1797. In-folio.

Superbe épreuve, avec marge.

OUDRY (J.-B.)

470 — Frontispice. — Le Chevreuil forcé. — Le Renard vaincu. — Le Loup aux abois. Suite de quatre pièces. (R. D. 1 à 4.)

Très belles épreuves, marges.

PARVILLÉE (A Paris, chez)

471 — Le cabaret de Ramponaux. En bas, son portrait comme armoiries.

Très belle épreuve.

PASQUIER (A Paris, chez)

472 — Nouveau jeu du Solitaire. Pièce in-fol. coloriée.

Très belle épreuve. Rare.

PATERRE (J.-B.)

473 — Visite au camp, gravé à l'eau-forte.

Très belle épreuve. Rare.

PATERRE (d'après)

474 — Les Aveux indiscrets, par D. R.

Belle épreuve, marge.

PERROT (L.)

475 — La reine Marie-Antoinette à sa toilette, d'après Vateau. In-fol.

Très belle épreuve, en couleur.

PHILIPPON (Ch.)

476 — Compensations. Trois pièces coloriées.

PORPORATI

477 — Le Coucher, d'après Vanloo.

Belle épreuve.

QUEVERDO (d'après F.)

478 — L'Odorat, — Le Goût, — L'Ouïe et le Toucher. Trois pièces gravées par Dambrun.

Très belles épreuves, dont deux avant l'adresse de Mond'hare.

479 — La Peinture, — La Poésie, — La Musique, — La Sculpture. Suite de quatre pièces gravées par Dambrun.

Très belles épreuves, dont deux avant l'adresse de Mond'bare.

480 — Vignettes in-12 pour Almanachs dansant, chantant et même buvant, des Goguettes parisiennes. 1790. Douze pièces.

Très belles épreuves.

QUEVERDO (d'après F.)

481 — Vignettes in-12, sur l'amour et le mariage, pour Almanachs de poche. Dix pièces.

Belles épreuves.

482 — Vignettes in-12 pour Étrennes galantes. 1789. Douze pièces.

Belles épreuves.

483 — Vignettes en-têtes, représentant les saisons et autres sujets, pour Calendrier de l'année 1785. Six pièces.

Très belles épreuves.

RAFFET

484 — S. A. R. Mgr le duc d'Aumale. 1843.

Deux épreuves de premier tirage, dont une coloriée,

485 — Combat d'Oued-Alleg. 31 décembre 1839. (82.)

Belle épreuve sur chine coupé.

486 — Algérie ancienne et moderne (Affiche pour l'Histoire de l'). (123.)

Très belle épreuve.

487 — Le Rêve. — 1813. — Retraite et Prise de Constantine, etc. Neuf pièces.

Très belles épreuves.

REGNAULT (N.-F.)

488 — La Nuit.

Superbe épreuve, marge.

RENOU (d'après)

489 — Io surprise par Jupiter, gravé par Le Grand.

Très belle épreuve, marge.

REYNOLDS (d'après SIR J.)

490 — *Berkley* (Elisabeth, Countess of), par R. Purcell. In-fol.

Très belle épreuve.

REYNOLDS (d'après SIR J.)

491 — *Cornwallis* (Jemima Countess), gravé par J. Watson. 1771. In-fol.

Superbe épreuve, grande marge.

492 — *Demer* (Mrs), gravé par J.-R. Smith. 1774. In-fol.

Superbe épreuve.

493 — *Rothes* (John, Earl. of), gravé par J.-M. Ardell. In-fol.

Superbe épreuve, marge.

494 — Méditation, par W. Ward. In-4.

Très belle épreuve, sur chine.

495 — Offrande aux grâces, par J.-B. Lucien.

Très belle épreuve avant la lettre, imprimée en sanguine,

REYNOLDS (S.-W.)

496 — *Ellis* (The Honble Mrs Agar), d'après Jackson. In-fol. en couleur.

Très belle épreuve.

ROWLANDSON (T.)

497 — The Assaut, or fencing match, which took place at Carlton House, on the 9th of april, 1787, between Mademoiselle la chevalière d'Eon de Beaumont, and Monsieur de Saint-George.

Très belle épreuve en couleur, remmargée.

498 — Studious Gluttons, gravé par Alken.

Très belle épreuve en couleur.

499 — Nap in town. 1785.

Très belle épreuve en couleur.

500 — Tea on Shore, 1789.

Très belle épreuve en couleur.

501 — Cash, 1800.

Très belle épreuve en couleur.

ROWLANDSON

502 — Summer amusement at Margate, or a peep at the mermaids, — Crimping a quaker, — Cash, — The first night of my Wedding. Quatre pièces.

Très belle épreuve, marge.

SAINT-AUBIN (d'après G. DE)

503 — Comparaison du bouton de rose, par Dennel.

Très belles épreuves, marge.

504 — L'Heureux ménage, par Gautier et Sergent.

Belle épreuve imprimée en couleur, remmargée.

505 — L'Heureuse Mère, — L'Heureux ménage. Deux pièces faisant pendants, gravées par Sergent et Gautier.

Très belles épreuves imprimées en couleur.

506 — L'Hommage réciproque (portrait d'Aug. de Saint-Aubin), gravé par Gautier.

Très belle épreuve imprimée en couleur, remmargée.

507 — The first come best served (le premier arrivé est le mieux servi), — The place to the first occupier (la place est au premier occupant). Deux pièces faisant pendants, gravées par A. Sergent.

Très belles épreuves imprimées en couleur, remmargées.

SAY (W.)

508 — *Stephens* (Miss), d'après G.-H. Harlow. In-fol.

Superbe épreuve, marge.

SAYER (R.)

509 — The favourite footman or miss well mounted, — Shop-Lifter, detected. Deux pièces en couleur faisant pendants.

Belles épreuves.

SCHALL (d'après F.)

510 — La Ruelle, par Malapeau.

Très belle épreuve.

SCHEFFER (J.-G.)

511 — Ce qu'on dit et ce qu'on pense. Dix-sept pièces coloriées.

Belles épreuves à toutes marges.

SEGUIN (Armand)

512 — L'Orage, étude de paysage gravé à l'eau-forte.

Très belle épreuve signée du graveur et datée 1893.

SERGENT (A.)

513 — La Folie du jour.

Belle épreuve imprimée en couleur, remmargée.

514 — Entrée du général Buonaparte dans la ville de Basle.

Très belle épreuve en couleur.

SHELEY (d'après S.)

515 — Bergère rentrant ses moutons, gravé par J. Burke.

Très belle épreuve en couleur.

SILVESTRE (F. de)

516 — Les Oies de frère Philippe. Pièce in-8 en largeur.

Très belle épreuve. Rare.

SMITH (J.)

517 — Portrait de femme représentée assise et vue de face, d'après Kneller.

Très belle épreuve avant la lettre, imprimée en bistre.

SMITH (d'après J.-R.)

518 — The Moralist, par W. Nutter.

Très belle épreuve en couleur.

TAUNAY (d'après)

518 *bis*. — Noce de village, par Descourtis.

Très belle épreuve imprimée en couleur, sans marge.

TOUZÉ (d'après)

519 — Louis XVI, roi de France et de Navarre, en grand costume, gravé par Duclos.

Très belle épreuve coloriée, grande marge.

TRAVIES (C.-J.)

520 — Caricature sur M. Mayeux.
20 Pièces coloriées.

TRINQUESSE (d'après L.-R.)

521 — La Sortie du bain, par L. S. Lempereur.
Très belle épreuve.

VALPERGA (L.)

522 — La Correction conjugale, d'après A. E. G.
Très belle épreuve.

VANGELISTY

523 — La Toilette de Vénus.
Superbe épreuve imprimée en couleur, marge.

VIGÉE (d'après L.)

524 — Babichon, — Nicodème. Deux pièces faisant pendants, gravées par F. Basan.
Très belles épreuves, grandes marges.

VILLENEUVE

525 — Seront-ils toujours d'accord?
Très belle épreuve en couleur.

VINKELES (d'après R.)

526 — Académie de dessin.
Très belle épreuve avant la lettre.

WARD (d'après W.)

527 — Louisa, par Bartolonii.
Très belle épreuve en couleur.

WATTEAU (d'après Ant.)

528 — Watteau debout dans un paysage, auprès de Monsieur de Julienne, assis et jouant du violoncelle, gravé par Tardieu.
Superbe épreuve avec marge.

WATTEAU (d'après Ant.)

529 — Comédiens Italiens, par Thomassin.

Belle épreuve.

WATTEAU (d'après L.)

530 — La Marchande d'oranges, — Marchande de modes. Deux pièces gravées en couleur, par Guyot.

Très belles épreuves. Rares.

531 — Entrée de M. Blanchard et du chevalier Lepinard, cinq jours après leur ascension aérostatique, dans la ville de Lille, le 26 août 1785.

Très belle épreuve avant la dédicace.

532 — 47me Cahier de costumes français, habillements à la mode de 1785. Quatre pièces gravées par Dupin.

Très rares épreuves avant toutes lettres, à l'état d'eau-forte.

WATTIER (E.)

533 — Chapitre XIV. Elle y entre, — Chapitre XV. Elle en sort. Deux pièces coloriées.

Belles épreuves.

WHEATLY (d'après F.)

534 — Cries of London, Plate 3. (Oranges sucrées, oranges fines), gravé par Schiavonetti, 1794.

Superbe épreuve.

535 — Un des cris de Londres, gravé par Cardon, 1794.

Superbe épreuve avant la lettre, marge.

536 — The Gold finch, par Bartolozzi, 1789.

Très belle épreuve.

WILLE (J.-G.)

537 — Les Plaisirs interrompus.

Belle épreuve.

WILLE (d'après P.-A.)

538 — Les Vieux amateurs, par de Chaussin.

Belle épreuve.

WOLFF

539 — Les Pommes de terre.

Très belle épreuve, remmargée.

YEDIS

540 — Persian Customs ! or Eunuchs performing the office of Lady's maids.

Belle épreuve en couleur.

ZOAN-ANDREA

541 — Panneaux arabesques, entremêlés de figures. Suite de douze pièces. (B. 21-32).

Très belles épreuves, suite très rare à trouver complète.

MILLET (J.-F.)

542 — Paysan rentrant du fumier (H. B., 12).

Très belle épreuve.

543 — Femme faisant manger son enfant (18).

Très rare et première épreuve avant la signature et la date, signée au crayon par l'artiste.

544 — La Fileuse (21).

Très belle et première épreuve, signée au crayon par l'artiste.

545 — La Précaution maternelle, — Paysanne vidant son seau dans deux cruches (25-26).

Epreuves tirées de clichés sur verre.

SUPPLÉMENT

1 — Aquarelle militaire. 1 pièce.

2 — Gravures et lithographies. Sujets et portraits militaires. 18 pièces.

3 — Gravures anglaises en couleur. Costumes militaires. 10 pièces.

4 — Lalaisse. Costumes militaires couleur. 32 pièces.

5 — Images d'Epinal. Costumes militaires couleur. 19 pièces.

6 — Ch. Vernier. Costumes militaires couleur. 68 —

7 — Martinet (de la maison). Costumes militaires couleur (modernes). 11 pièces.

8 — Costumes militaires en couleur (cavalerie). 6 petites pièces.

9 — — — noir et couleur. 14 pièces.

10 — Eug. Lami. Costumes militaires en couleur. 44 —

11 — Hte. Bellangé. — — — 82 —

12 — Charlet. Lithographies avant la lettre. 41 —

13 — — — de dessins à la plume. 30 pièces.

14 — — — costumes militaires. 24 —

15 — — — pages d'albums et autres. 56 pièces.

16 — — — costumes et scènes militaires. 32 pièces.

17 — Caricatures. Epreuves tirées du journal. 66 —

18 — — diverses en noir et en couleur. 46 —

SUPPLÉMENT

19 — Théâtre. Portraits de Bocage, Provost, Mlle Georges, etc. 16 pièces. 3

20 — — Sujets et décors (lithographies). 38 — } 13

21 — — Cirque. 14 — }

22 — — Vignettes sur le classique. 44 — 3.50

23 — — Costumes noir et couleur de Lacauchie, Bayard, etc. 67 pièces. 5.50

24 — — Costumes de classiques en noir, par Geoffroy, etc. 73 pièces. 2.50

25 — — Costumes Martinet moderne couleur 190 — 15

26 — — Portraits d'acteurs et d'actrices, par Lafont, Déjazet, Montigny, Duchesnois, Ristori, etc. 42 pièces. 12 Danlos pour Du.

27 — — Portraits d'acteurs et d'actrices dans différents rôles. 70 pièces. 9

28 — — Scènes et sujets. 46 — 7

29 — — Costumes modernes noir et couleur. 300 pièces. 17

30 — Vignettes pour les Contes de La Fontaine et autres (modernes). 21

31 — Vignettes sur bois et sur acier (modernes). 100 pièces. 8.50

32 — — pour Mon Oncle Barbassou, La Vie de Bohême, etc. 54 pièces. 10

33 — Théâtre. Portraits d'acteurs et d'actrices de Grevedon, etc. 14 pièces. 9

34 — — Portraits d'acteurs et d'actrices divers (modernes). 31 pièces. 6.50

35 — Gavarni. Lithographies avant lettre. 27 — 6

36 — — — avec lettre, noir et couleur. 18

37 — Eaux-fortes. Enfant nu et Vieille Femme. 23 pièces. 4

SUPPLÉMENT

38 — Menus, programmes, adresses, etc. 42 pièces.

39 — Costumes divers de modes en couleurs. 46 —

40 — Portraits anciens (gravures(. 24 —

41 — — modernes (lithographies). 100 —

42 — Images d'Epinal. 34 —

43 — Lithographies modernes. 49 —

44 — Caricatures politiques. 7 —

45 — — diverses. 33 —

46 — — charges sur Napoléon. 7 —

47 — Théâtre. Portraits (grandes pièces). 44 —

48 — — Gravures diverses, sujets. 20 —

49 — Empire. Gravures diverses. 40 —

50 — Faits historiques. Gravures diverses. 21 —

51 — Révolution. Gravures diverses. 22 —

52 — Portraits de peintres (gravures). 32 —

53 — Martial. « Paris pendant le Siège ». Eaux-fortes. 12 pièces.

54 — Desbrosses. « Paris et ses avant-postes pendant le Siège ». Eaux-fortes. 12 pièces.

55 — Lalanne. « Souvenirs artistiques du siège de Paris ». Eaux-fortes. 12 pièces.

56 — Edmond Yon. « Autour de Paris après la Guerre ». Eaux-fortes. 12 pièces.

57 — Martial. « Paris sous la Commune ». Eaux-fortes. 11 pièces.

58 — — « Paris incendié ». Eaux-fortes. 12 —

59 — Pierdon. « Saint-Cloud brûlé ». Eaux-fortes. 12 pièces.

SUPPLÉMENT

60 — Martial. « Les Boulevards ». Eaux-fortes. 37 pièces.
61 — Bida. Eaux-fortes. 72 —
62 — Affiches de ventes anciennes. 52 —
63 — Lithographies, d'après Decamps. 14 —
64 — — de Victor Adam. 6 —
65 — — diverses. 21 —
66 — — — 23 —
67 — — — en couleur. 21 —
68 — Hte Bellangé. Suite de 4 pièces. 4 —
69 — Lithographies de Gigoux. 7 —
70 — Henri Monnier. Lithographies en noir et en couleur. 4 pièces.
71 — Isabey. Lithographies en noir, 4 —
72 — Delarue. — noir et couleur. 32 —
73 — Devéria, Richebois et Sabatier. « Les Douze Mois », 12 pièces.
74 — Epreuves de journaux. 113 —
75 — Vues de France. 51 —
76 — Vues d'Italie. 22 —
77 — Vues d'Allemagne. 19 —
78 — Vues différentes. 48 —
79 — Vues des environs de Paris. 15 —
80 — Vues de Paris (gravures anciennes et modernes). 47 pièces.
81 — — — (dessins modernes). 6 —
82 — Livraisons du Vieux Paris. 14 livraisons.
83 — 3 bois de Vierge : 4 de Millet, 8 de Henri Monnier et 11 de Granville. 27 pièces.

SUPPLÉMENT

84 — Bois de Tony Johannot.		5	pièces.
85 — Vignettes sur bois.		26	—
86 — Bois de Morin.		13	—
87 — Bois divers.		56	—
88 — Bois de Gustave Doré.		74	—
89 — Bois divers.		78	—
90 — — —		50	—
91 — Lithographies de Français.		11	—
92 — —	de Nanteuil.	34	—
93 — —	d'après Decamps.	19	—
94 — —	— Prud'hon.	6	—
95 — —	— Rosa Bonheur.	5	—
96 — —	de Mouilleron.	14	—
97 — —	d'après Jules Dupré.	6	—
98 — —	modernes diverses.	53	—
99 — —	de Brascassat.	7	—
100 — —	de Mouilleron.	10	—
101 — —	d'après Roqueplan.	4	—
102 — —	avant la lettre.	13	—
103 — —	diverses.	15	—
104 — —	—	23	—
105 — —	d'après Isabey.	5	—
106 — —	par et d'après Eug. Le Roux.	10	—
107 — —	d'après Rosa Bonheur, Bida, Ch. Jacques, P. de Chavanne, etc.	16	pièces.
108 — —	de Karl Bodmer.	24	—
109 — Théâtre. Epreuves de journaux.		100	—

SUPPLÉMENT

111 — Recueil contenant 238 dessins des XVIe, XVIIe et XVIIIe siècles, par Chardin, de Machy, Greuze, La Belle, Charpentier, Hubert-Robert, Delafosse, Vincent, Farinati, Quellinus, Lemoine, Caravage, Durer (?), Van Blœmen, etc., etc. Compositions d'architecture et ornements. Dessins persans et chinois. 1 vol. grand in-fol. cart.

Imprimerie D. Dumoulin et Ce, à Paris.

www.ingramcontent.com/pod-product-compliance
Ingram Content Group UK Ltd.
Pitfield, Milton Keynes, MK11 3LW, UK
UKHW021314190726
13839UKWH00007B/1350

9 782329 485218